Collection MONSIEUR

1	MONSIEUR CHATOUILLE	26	MONSIEUR MALIN
2	MONSIEUR RAPIDE	27	MONSIEUR MALPOLI
3	MONSIEUR FARCEUR	28	MONSIEUR ENDORMI
4	MONSIEUR GLOUTON	29	MONSIEUR GRINCHEUX
5	MONSIEUR RIGOLO	30	MONSIEUR PEUREUX
6	MONSIEUR COSTAUD	31	MONSIEUR ÉTONNANT
7	MONSIEUR GROGNON	32	MONSIEUR FARFELU
8	MONSIEUR CURIEUX	33	MONSIEUR MALCHANCE
9	MONSIEUR NIGAUD	34	MONSIEUR LENT
10	MONSIEUR RÊVE	35	MONSIEUR NEIGE
11	MONSIEUR BAGARREUR	36	MONSIEUR BIZARRE
12	MONSIEUR INQUIET	37	MONSIEUR MALADROIT
13	MONSIEUR NON	38	MONSIEUR JOYEUX
14	MONSIEUR HEUREUX	39	MONSIEUR ÉTOURDI
15	MONSIEUR INCROYABLE	40	MONSIEUR PETIT
16	MONSIEUR À L'ENVERS	41	MONSIEUR BING
17	MONSIEUR PARFAIT	42	MONSIEUR BAVARD
18	MONSIEUR MÉLI-MÉLO	43	MONSIEUR GRAND
19	MONSIEUR BRUIT	44	MONSIEUR COURAGEUX
20	MONSIEUR SILENCE	45	MONSIEUR ATCHOUM
21	MONSIEUR AVARE	46	MONSIEUR GENTIL
22	MONSIEUR SALE	47	MONSIEUR MAL ÉLEVÉ
23	MONSIEUR PRESSÉ	48	MONSIEUR GÉNIAL
24	MONSIEUR TATILLON	49	MONSIEUR PERSONNE
25	MONSIEUR MAIGRE		

Mr. Men   Little Miss

Deux jours avant Noël, il commença à neiger.
Il neigea tout l'après-midi,
toute la soirée et toute la nuit.
Des milliers et des millions
et des milliards de flocons de neige
tombèrent sans bruit.

Monsieur
NEIGE

Roger Hargreaves

hachette
JEUNESSE

Quand le jour se leva, il fallait voir
la quantité de neige qui était tombée !

Les maisons, les arbres, les routes,
les jardins et toute la campagne étaient couverts
d'une épaisse couche de neige.

Il y avait du blanc partout.

Et puis le soleil apparut.

Les enfants aussi.

Ils étaient emmitouflés jusqu'aux oreilles.

Ils avaient mis leurs manteaux,
leurs bonnets, leurs écharpes
et leurs gants pour se protéger du froid.

Tous les enfants se réjouissaient
de voir cette neige.

Ce n'est pas étonnant,
parce qu'ils n'en avaient jamais vu autant.

Certains enfants descendirent les pentes
des collines sur leurs luges.

D'autres, qui n'avaient pas de luge,
se lancèrent des boules de neige.

Un petit garçon fit une boule de neige
plus grosse que lui.

Et quelques enfants fabriquèrent
des bonshommes de neige.

Ensuite, ce fut le réveillon de Noël.

Les enfants se couchèrent de bonne heure
pour pouvoir se lever très tôt.
Il leur tardait de voir
ce que le père Noël leur porterait.

Or, en cette nuit de Noël,
le père Noël eut des ennuis.

Ces ennuis venaient de la neige.

Il y avait tellement de neige
que les rennes ne pouvaient plus tirer
le traîneau chargé de cadeaux pour les enfants.

Le père Noël était bloqué dans la neige.

« Oh ! là ! là ! mais qu'est-ce que je vais faire ? »
se demanda le père Noël.

Il s'assit sur son gros sac rempli de jouets.
Et il réfléchit.

Comment faire pour distribuer les cadeaux
pendant que les enfants dormaient encore ?

Et le père Noël soupirait :
« Oh ! là ! là ! là ! là ! là ! là ! »

Il se trouvait que le père Noël
était resté bloqué devant un bonhomme de neige
fabriqué par un des enfants.

Celui lui donna une idée.

Une bonne idée.

Une très bonne idée.

Une excellente idée en vérité.

Il demanda au bonhomme de neige :
— Voulez-vous m'aider, s'il vous plaît ?

Mais bien sûr le bonhomme de neige
ne répondit pas, parce que les bonshommes de neige
ne savent pas parler.

« C'est vrai, se dit le père Noël,
j'aurais dû y penser.
Eh bien, je vais lui donner vie
par un tour de magie. »

Le père Noël se tira la barbe trois fois
et marmonna des paroles magiques de père Noël.

Soudain, vraiment par magie,
le bonhomme de neige s'anima.

— Bonjour, dit le bonhomme de neige, qui s'appelait monsieur Neige. On dirait que vous êtes bloqué si vous voulez mon avis et même si vous ne le voulez pas de toute façon je dirai que vous ne pouvez pas rester bloqué comme ça si vous voyez ce que je veux dire et je suppose que si vous m'avez donné la vie c'est pour que je vous aide alors que puis-je faire pour vous ?

Comme tu l'as sans doute deviné, monsieur Neige était un bonhomme de neige plutôt bavard.

Le père Noël lui fit un grand sourire.

— Formidable ! Venez avec moi !

Le père Noël monta sur son traîneau
et monsieur Neige poussa très très fort.

C'est ainsi que le père Noël arriva à destination.

Monsieur Neige l'aida à distribuer les cadeaux.
Ou plutôt, il tria les cadeaux,
car il ne fallait pas se tromper de jouet,
ni de petit garçon ou de petite fille.

Monsieur Neige mit les jouets dans des sacs
et le père Noël descendit les sacs
dans les cheminées des maisons.

Le père Noël apporta un ours en peluche à Suzie.

Le père Noël apporta un petit train à Paul.

Le père Noël apporta un cochon-tirelire à Julien.

Le père Noël apporta un éléphant rose
en caoutchouc à Sophie,
pour qu'elle puisse jouer dans son bain.

Et soudain, monsieur Neige et le père Noël
s'aperçurent qu'ils avaient fini.
Tous les cadeaux étaient distribués.

— Je tiens à vous remercier pour tout
ce que vous avez fait, dit le père Noël. Grâce à vous,
j'ai donné leurs jouets aux petits garçons.

— Et aux petites filles, ajouta monsieur Neige.

Le père Noël et monsieur Neige se serrèrent la main.

— Maintenant, je dois vous transformer à nouveau
en bonhomme de neige, déclara le père Noël.
Au revoir, et merci encore !

— Tout le plaisir était pour moi,
répondit monsieur Neige.

Et c'est depuis cette nuit-là que le père Noël
se fait aider par un bonhomme de neige chaque fois
qu'il porte les cadeaux aux enfants.

Alors, quand tu fabriqueras un bonhomme de neige,
il faudra bien t'appliquer et le faire très solide.

Car, vois-tu, quelqu'un pourrait
avoir besoin de son aide.

Tu sais qui?

1 MME AUTORITAIRE

2 MME TÊTE-EN-L'AIR

3 MME RANGE-TOUT

4 MME CATASTROPHE

5 MME ACROBATE

6 MME MAGIE

7 MME PROPRETTE

 8 MME INDÉCISE

9 MME PETITE

10 MME TOUT-VA-BIEN

11 MME TINTAMARRE

12 MME TIMIDE

13 MME BOUTE-EN-TRAIN

14 MME CANAILLE

 15 MME BEAUTÉ

16 MME SAGE

17 MME DOUBLE

LA COLLECTION MADAME
c'est aussi 41 personnages

18 MME JE-SAIS-TOUT

19 MME CHANCE

20 MME PRUDENTE

 21 MME BOULOT

22 MME GÉNIALE

23 MME OUI

24 MME POURQUOI

25 MME COQUETTE

26 MME CONTRAIRE

27 MME TÊTUE

 28 MME EN RETARD

29 MME BAVARDE

30 MME FOLLETTE

31 MME BONHEUR

32 MME VEDETTE

33 MME VITE-FAIT

34 MME CASSE-PIED

35 MME DODUE

36 MME RISETTE

37 MME CHIPIE

38 MME FARCEUSE

39 MME MALCHANCE

40 MME TERREUR

41 MME PRINCESSE

ISBN : 978-2-01-224856-4
Loi n° 49-956 du 16 juillet 1949 sur les publications destinées à la jeunesse.
Imprimé et relié en France par I.M.E.